RÉFLEXIONS
DE M. AIGNAN,

SUR LE DIALOGUE ENTRE LE MAIRE D'UNE PETITE VILLE
ET CELUI D'UN VILLAGE VOISIN;

OUVRAGE DE M. GOUPIL,

Maire de Nemours, Chevalier de l'Ordre Royal de la Légion-
d'Honneur, Docteur en médecine, etc.;

SUIVIES

DE LA RÉPONSE DE L'AUTEUR.

RÉFLEXIONS

DE M. AIGNAN,

SUR LE DIALOGUE ENTRE LE MAIRE D'UNE PETITE VILLE
ET CELUI D'UN VILLAGE VOISIN,

OUVRAGE DE M. GOUPIL,

Maire de Nemours, Chevalier de l'Ordre Royal de la Légion-
d'Honneur, Docteur en médecine, etc., etc.;

SUIVIES

DE LA RÉPONSE DE L'AUTEUR.

A PARIS,

CHEZ ANTH^e. BOUCHER, IMPRIMEUR,

SUCCESSEUR DE L.-G. MICHAUD,

RUE DES BONS-ENFANTS, N°. 34.

1819.

RÉFLEXIONS

DE M. AIGNAN,

Sur le Dialogue entre un Maire d'une petite ville et celui d'un village voisin (1).

~~~~~~~~

De bonnes lois organiques nous vaudraient mieux que les plus beaux commentaires de la Charte : en effet, l'action seule est la vie des états, et la Charte n'est presque qu'une direction. Cependant, expliquer notre loi constitutionnelle aux habitants des campagnes de manière à la leur faire aimer de plus en plus, est une tâche fort louable, et M. *Goupil* me paraît l'avoir remplie avec sagesse, franchise et simplicité. Mais précisément parce que son petit catéchisme politique est rédigé dans un bon esprit, il lui convenait de s'expliquer nettement, lorsqu'il lance des anathêmes contre cette fausse philosophie « qui, depuis quarante ans, emploie autant d'art et de soin à égarer les hommes, que la vraie philosophie, cette amie sincère d'une douce et sage liberté, et qui repose sur la religion et les mœurs, fait d'efforts pour les éclairer. » Quels écrivains l'auteur attaque-t-il par-là? Si, comme la force du

____

(1) Ce Dialogue se trouve aussi chez Anth^e. Boucher, imprimeur, rue des Bons-Enfants, n°. 34.

I..
~~~~~~~~

sens l'indique, ce sont les ennemis de la révolution, qu'il ait le courage de le dire ; si ce sont ceux au contraire qui en ont professé les doctrines, il n'ignore pas que ces doctrines sont le fondement de la Charte, et le voilà dans l'impossibilité de concilier ses censures avec ses éloges ; car ses éloges que j'ai bien attentivement examinés, semblent donnés de bonne foi. Oui, c'est franchement et sans équivoque qu'il chérit et enseigne à chérir l'égalité politique, la représentation nationale, le jury, la liberté individuelle, celle des cultes et celle de la presse ; qu'il reçoit et enregistre la parole royale sur l'inviolabilité des domaines nationaux, sur l'oubli des opinions et des votes, sur la responsabilité des ministres, etc.; et quoiqu'il y ait dans son travail quelques omissions et même quelques erreurs, on peut entrer en explication avec un aussi bon citoyen.

Quels sont les implacables adversaires de tous les principes qu'il professe, de toutes les garanties qui lui sont précieuses ? Quels sont les insensés qui, à la tribune, dans les administrations, dans leurs écrits, dans leurs salons, les foulent aux pieds avec une audace à peine intimidée par la majesté royale? Il ne sert de rien de les désigner ; la France entière les connaît ; elle connaît à leurs œuvres ces ouvriers de discorde et de ruine. La France se divise en deux opinions, très facilement rapprochables, si l'on veut s'entendre. D'un côté sont les hommes qui, tout en déplorant les excès de la révolution, sont surtout frappés des immenses bienfaits qu'elle a consacrés par la Charte, et qui veulent que ces bienfaits soient irrévocables, précisément pour que les excès ne renaissent pas ; de l'autre sont ceux dont l'imagination est encore plus épouvantée des excès commis, que leur raison n'est satisfaite des bienfaits obtenus, et qui ne reçoivent ceux-ci qu'avec défiance, parce qu'ils les regardent comme voisins de ceux-là. Une toute petite faction s'agite avec fureur ; sans doute elle finira par céder à la puissance du temps et aux combinaisons nouvelles qu'enfantent de nouveaux intérêts : mais pour cela, des lois, des lois fortes et sages, sont nécessaires, sont urgentes. C'est donc à réclamer ces lois, à les préparer, à les rendre, à les exécuter loyalement que doivent concourir tous les efforts des bons citoyens, selon le poste où ils sont placés ; et tel est le langage que doit tenir à ses administrés, un Maire, un commentateur de la Charte, au lieu de déclamer vaguement contre une philosophie dont la marche continue depuis la découverte de l'imprimerie, nous a conduits à la Charte même, et dont personne ne songera jamais, sous la protection des lois puissantes, à justifier, et encore moins à renouveler les écarts.

(Extrait du 82ᵉ. Nᵒ. de la Minerve.)

LETTRE

DU MAIRE DE NEMOURS,

EN RÉPONSE

A l'article inséré dans le 82e. No. de la Minerve ; par
M. Aignan, membre de l'Académie française.

~~~~~~~~~~~~

MONSIEUR,

Avant de vous donner les explications que vous
paraissez desirer sur l'avis placé en tête de mon Dialogue sur la Charte, ouvrage principalement destiné
aux habitants des campagnes, trouvez bon que je
vous fasse une profession de foi politique.

Je suis royaliste, et j'aime également ma patrie,
mon Roi et son auguste famille, la légitimité et la
charte. Cet amour pour mon souverain et sa famille
n'est pas nouveau : il existe dans mon cœur depuis
que j'ai atteint l'âge où l'homme observe, réfléchit
et raisonne. Il est fondé, 1o. sur la douceur avec laquelle la plupart des princes de cette dynastie, qui
ont régné sur la France pendant tant de siècles, ont
gouverné leurs peuples; 2o. sur les soins qu'ils ont pris
de les éclairer en favorisant la culture des lettres, des
sciences et des arts; en établissant ou augmentant
~~~~~~~~~~~~

les Universités, les colléges, et généralement tous les moyens d'instruction, et enfin en mettant par des lois et des règlements utiles, cette instruction à la portée des citoyens peu fortunés; 3°. parce qu'ils ont constamment travaillé, soit par l'affranchissement des communes, soit par des concessions faites graduellement et avec mesure, à conduire ces mêmes peuples à la possession d'une liberté bien entendue.

J'aime la légitimité, 1°. parce qu'elle détruit toute prétention au trône que dans les gouvernements électifs, un grand nom, une fortune brillante ou un nombreux patronage, font nécessairement naître dans le cœur des grands, opposc une barrière insurmontable à leur ambition, et prévient les secousses et les désordres qui accompagnent toujours chaque nouvelle promotion à la souveraine autorité; 2°. parce que la perpétuelle occupation du trône par une famille qui a si bien mérité des Français, est la juste récompense de ses vertus, en même temps qu'elle est un gage assuré de notre bonheur. J'aime enfin la Charte, parce que chérissant ma patrie, je dois me réjouir de tout ce qui lui arrive d'heureux, et que je regarde comme un don du ciel une loi qui, établissant d'une manière claire et positive, nos droits et notre liberté, assure à la patrie de longs jours de paix et de prospérité, si toutefois chaque citoyen veut se tenir dans les bornes qu'elle a posées, respecter l'équilibre entre les trois pouvoirs, sans demeurer en-deçà, mais aussi sans vouloir aller au-delà.

Je vais maintenant, Monsieur, entrer en explication avec vous. Vous dites : « De bonnes lois organiques nous vaudraient mieux que les plus beaux commentaires de la Charte. » Si ces commentaires pouvaient empêcher ou retarder ces lois organiques, vous auriez certainement raison de vous élever contre eux : mais ils n'empêchent rien, ils ne retardent rien ; et un exposé clair et précis de notre loi fondamentale fait en faveur de la classe du peuple la moins éclairée et parconséquent la plus facile à tomber ou à être jetée dans l'erreur, n'est pas hors de saison. Je n'ai pas la prétention d'avoir fait un beau commentaire de la Charte; je me suis attaché à être clair et succinct. Ai-je réussi? Il ne m'appartient pas de le décider.

Vous ajoutez:« Ce petit catéchisme politique est
» rédigé dans un bon esprit; mais il convenait à
» l'auteur de s'expliquer nettement, lorsqu'il lance
» des anathêmes contre cette fausse philosophie
» qui, depuis quarante ans, emploie autant d'art et
» de soin à égarer les hommes, que la vraie philo-
» sophie, cette amie sincère d'une douce et sage
» liberté, et qui repose sur la religion et les mœurs,
» fait d'efforts pour les éclairer. » Cette phrase de
mon *avis*, que vous citez dans votre article, et sur
laquelle vous trouvez que je ne m'explique pas nettement, me paraît aussi claire que possible; ce-

pendant je vais entrer dans quelques détails,
qui, j'espère, ne vous laisseront plus de doute sur
les deux espèces de philosophie que j'ai voulu si-
gnifier au lecteur.

J'appelle fausse philosophie, celle qui, ôtant à
l'homme honnête et malheureux son unique con-
solation, l'espérance d'une autre vie ; à l'homme
méchant, le frein le plus puissant, la crainte de
cette autre vie et de la justice divine, cherche à
établir sur les débris de la religion chrétienne l'ab-
surde athéisme, et à la place d'un Dieu bon, d'un
Dieu juste, ne nous montre que matière et hasard.
J'appelle aussi fausse philosophie, celle qui, bou-
leversant toute la morale, n'établit la vertu que sur
des besoins et des intérêts locaux et variables, et
entasse sophismes sur sophismes pour nous prouver
que la vertu varie suivant les temps et les lieux ;
ce qui, en d'autres termes, veut dire qu'il n'y a ni
vices ni vertus. J'appelle encore fausse philosophie, celle qui, au lieu de nous conseiller de
chercher uniquement dans la pratique des vertus,
des remèdes à nos passions, nous engage à combattre ces dernières les unes par les autres, à entrer
en composition avec elles : étrange médecine qui,
dans la cure des maladies de l'ame, veut employer
des poisons lorsqu'elle a sous la main des remèdes doux et dont le succès est certain ! Je donne
enfin le nom de fausse philosophie à celle qui, sans
consulter les vrais intérêts des nations, leur carac-

tère, leur législation, leur position topographique et leur population, veut, dans toutes indistinctement introduire une même forme de gouvernement, le gouvernement démocratique, qui ne convient réellement qu'à un peuple neuf et peu nombreux, et que repoussent la vétusté, la corruption des peuples et leur nombreuse population; qui appelle toutes les nations à la révolte, prêche hautement l'insubordination et la licence, et prétend établir entre les hommes l'égalité de fait sans s'embarrasser si elle répugne au bon sens et à la raison, au lieu de cette égalité de droit que réclament également et la raison et le bon sens, mais qui ne doit être accordée aux hommes que quand le temps, l'expérience et les lumières de la vraie philosophie les auront rendus dignes de la posséder.

J'appelle au contraire vraie philosophie, celle qui, connaissant bien le cœur de l'homme, cherche à lui inspirer de bonne heure la crainte de Dieu, l'amour de la religion; qui le conduit à la véritable félicité par la pratique des vertus, échauffe son cœur d'un saint zèle pour tout ce qui est juste, pour tout ce qui est beau, pour tout ce qui est utile à l'humanité, à la patrie, et conforme à l'équité; qui prêche la subordination, l'attachement et la fidélité aux gouvernements, l'obéissance aux lois établies, le respect aux magistrats, aux parents, aux maîtres chargés de l'éducation; qui

apprend à l'homme à méditer, à réfléchir sur sa nature et sa destination; à régler l'usage de ses facultés , l'emploi de ses talents pour le plus grand
avantage de la société; à ramener par la persuasion
ceux qui s'écartent de leur devoir; à chercher enfin
dans les sciences de la politique, de la législation ,
de l'administration , les moyens d'être utile et de
faire part des découvertes , non au peuple qui n'a
pas les connaissances nécessaires pour en juger
sainement et qui est naturellement ami des nouveautés , mais aux gouvernements , aux ministres ,
aux administrations et aux citoyens vraiment
éclairés , afin que ces découvertes soient examinées,
méditées , mûries et utilisées lorsque le moment
favorable est arrivé, et que les changements qu'elles
nécessitent peuvent être introduits sans secousse
et sans trouble.

Vous demandez, Monsieur, quels sont les écrivains que j'attaque. je vais les nommer : *Diderot*,
Helvetius, *Raynal*, *Voltaire*, que j'admire d'ailleurs comme poëte, et qui serait un excellent modèle pour les historiens, s'il conservait toujours
ce ton de gravité qui convient lorsque l'on trace
le tableau affligeant des crimes, des fautes et des
erreurs humaines. Je nommerai encore *Mably*,
Boullanger, après lesquels viennent leurs disciples
et successeurs, soit ceux qui ont paru sur le théâtre
de notre révolution, soit ceux qui trop jeunes pour
y figurer, ou ne se trouvant pas placés dans des

circonstances favorables pour se montrer alors, cherchent aujourd'hui à se produire au grand jour, à donner une vie nouvelle aux systèmes de leurs maîtres ; qui comme eux insultent à la religion de leurs pères, repoussent la morale et prêchent des doctrines subversives de l'ordre, et dont le but, en expliquant la Charte à leur manière, en étendant et forçant le sens de quelques-uns de ses articles, en restreignant la prérogative royale, est de détruire l'équilibre établi par elle entre les trois pouvoirs, de miner peu à peu la monarchie pour lui substituer ensuite une espèce de république dont ils espèrent s'approprier les honneurs et les places lucratives. Voilà, Monsieur, les philosophes contre lesquels je lance des anathèmes ; car je porte un respect profond à tous ceux qui, comme *Locke*, *Condillac* et plusieurs autres, ont cherché et cherchent encore à étendre le domaine des connaissances humaines , et à se rendre utiles à la société.

Vous prétendez, Monsieur, que comme la force du sens de ma phrase l'indique, ce sont les ennemis de la révolution que j'attaque ; non, Monsieur, j'attaque les philosophes ou plutôt les sophistes dont je ne vous ai nommé que les chefs ; j'attaque encore avec eux les hommes qui ont adopté leurs systèmes et soutiennent leur doctrine. Quant aux ennemis de la révolution que je distingue de ceux de a Charte, je n'ai rien à dire contre eux. Il est, je crois bien permis de détester une révolution qui a fait couler le sang d'un roi bon, juste, éclairé, dont toutes les pensées ne tendaient qu'à faire le bonheur de ses peuples, dont l'avènement au trône fut marqué par des actes qui prouvaient qu'à un cœur sensible et généreux, il réunissait un esprit vraiment philosophique ; une révolution qui a inondé le sol de ma patrie du sang de ses enfants, choisi ses principales victimes parmi les hommes les plus respectables, les plus innocents, exaspéré toutes les passions, persécuté toutes les vertus, tous les talents, renversé enfin le trône et l'autel.

Vous pensez que la Charte a ses fondements dans les doctrines qui ont amené la révolution, et de-là vous concluez que, d'un côté, préconisant la Charte, et de l'autre, m'élevant contre ces doctrines et ceux qui les professent, je suis en contradiction avec moi-même : vous auriez raison, Monsieur, si je vous accordais que la Charte a ses fondements dans les doctrines révolutionnaires ; mais c'est une concession que je ne dois ni ne puis vous faire. Les véritables fruits de notre révolution ont été le désordre, les crimes les plus épouvantables et l'anarchie. L'anarchie nous a conduits au despotisme qui lui succède assez ordinairement. Quant à la Charte, je la considère comme le remède qui a mis fin à tant de maux, et l'auguste souverain qui nous l'a donnée, comme un sage médecin qui, de tous les remèdes qu'il fut possible d'administrer dans une aussi affreuse maladie, a choisi le plus doux, le plus efficace et le mieux approprié à la constitution du malade qu'il voulait en même temps assainir et fortifier. Je rends des actions de grâces au médecin, je lui voue tout mon amour et toute ma reconnaissance; j'applaudis de toutes mes forces à l'emploi du remède qui a rendu la santé au corps politique exténué. Mais ce changement heureux n'est pas une raison qui puisse me faire aimer une maladie qui a si fortement compromis la sûreté et l'existence de la patrie. Pour ce qui regarde les ennemis de la Charte, s'il s'en trouve encore aujourd'hui, je les crois en bien petit nombre. Ils ne sont pas à redouter et on doit les plaindre, car la compassion est due à celui dont la raison est altérée; et je suis persuadé que, lorsqu'ils verront la Charte franchement exécutée, sans restriction, mais aussi sans extension, ils se rallieront sincèrement à elle, pour la soutenir et la défendre contre les attaques d'un parti qui veut la renverser, détruire la monarchie et lui substituer le gouvernement démocratique.

Vous réclamez, Monsieur, des lois organiques fortes, et moi aussi je les desire; mais je desire ardemment qu'avant de les rendre, elles soient suffisamment méditées et mûries; car je trouve que nous allons un peu vite en législation; et il n'y aurait peut-être pas de mal que des lois de cette importance, ne fussent rendues que dans la session

des chambres qui suivrait celle où les projets au-
raient été présentés et soumis à la discussion. Je
voudrais aussi qu'elles fussent conçues de manière
ou à n'accroître aucun des pouvoirs, ou à les accroître tous dans une égale proportion , afin de con-
server l'équilibre entr'eux ; car une fois rompu, voici
peut-être ce qui arriverait : quelques hommes qui
n'ont pas perdu l'espoir de voir se renouveler les
horreurs de la révolution, demanderaient tout
simplement le régime conventionnel ; je ne crois
pas qu'ils réussiraient, car ils sont en petit nombre.
D'autres plus nombreux, et qui n'ont pas comme
les premiers un goût décidé pour le meurtre et le
pillage, tout en rendant justice au Roi et à sa famille, ne voulant voir dans le monarque qu'un res-
sort inutile à l'action de la machine politique, inviteraient , et l'on sait ce que vaut une pareille in-
vitation, inviteraient le Roi à renoncer, pour lui
et les princes de sa famille, au trône de France, en
lui assignant une pension sur les revenus de l'État ;
établiraient une république fédérative qui n'aurait
qu'une durée éphémère, ou le gouvernement direc-
torial, qui ne tarderait pas à nous conduire une se-
conde fois au despotisme. Je pense comme vous qu'il
est du devoir de tout bon Français de demander
ces lois, et de les exécuter loyalement lorsqu'elles
sont rendues ; mais je ne crois pas qu'il lui appar-
tienne ni de les préparer ni de les rendre. Les préparer est un soin réservé au souverain et à ses minis-

tres ; les rendre est le devoir des trois branches du pouvoir législatif, comme les faire exécuter appartient aux magistrats depuis les ministres jusqu'aux maires inclusivement.Si quelqu'un a des vues utiles à proposer, je pense qu'il doit s'adresser, soit aux magistrats supérieurs, soit aux chambres ; leur développer ses idées, ses projets, et porter ainsi ses lumières au foyer commun.

C'est par de tels moyens que l'on parvient à réformer la législation d'un peuple, comme c'est par une étude approfondie des divers gouvernements qui ont existé dans l'antiquité, ou qui régissent encore les nations modernes ; après avoir balancé les avantages et les inconvénients de chacun d'eux ; avoir acquis des connaissances positives dans les sciences de la législation et de la morale ; avoir réfléchi sur les progrès de la civilisation, des lumières, et sur le changement que le temps a amené dans le caractère, les usages et les intérêts de ce même peuple, que l'on peut arriver à oser proposer quelques modifications dans ses institutions, ne les effectuant qu'avec lenteur et prudence, ne l'amenant que par degré au gouvernement monarchique et représentatif, et ne le lui donnant que lorsqu'il est digne de le posséder.

Je ne puis être encore de votre avis, lorsque vous ne considérez la Charte que comme une simple direction, et les lois organiques comme la vie et l'action des états. Ces lois me semblent être, par rapport à la Charte, ce que les membres du corps humain sont par rapport à l'ame, c'est-à-dire, les instruments dont ce principe de vie, moteur et directeur, se sert pour exécuter ses volontés : les lois dont nous parlons sont indispensables ; mais la Charte est la source de notre vie politique, le principe de toute action.

Vous annoncez, Monsieur, qu'il y a dans mon travail quelques omissions et même quelques erreurs ; je le crois facilement : *Errare humanum est.* Ayez la bonté de me les signaler : je les avouerai avec autant de franchise que j'en mets à combattre la fausse philosophie et ses doctrines pernicieuses. Mais si ce que vous appelez erreur, ne me paraît pas tel, vous trouverez bon, sans doute, que je défende ce que j'ai avancé, parce que je le croyais et persiste à le croire bon, juste et raisonnable.

J'ai l'honneur de vous saluer, Monsieur, avec la plus parfaite considération.

Votre obéissant serviteur,

GOUPIL.

De l'Imprimerie d'Anth^e. BOUCHER, Successeur de L. G. Michaud, rue des Bons-Enfants, n°. 34.